W0367880

5 Minuten Piratengeschichten für Erstleser

gondolino

FSC
www.fsc.org
MIX
Papier aus verantwortungsvollen Quellen
FSC® C020353

ISBN 978-3-8112-3570-0
1. Auflage 2022
© für diese Ausgabe: gondolino GmbH, Bindlach 2022
Umschlagillustrationen: Julia Gerigk
Umschlaggestaltung: Vanessa Braun
Printed in the EU

Alle Rechte vorbehalten:
Kein Teil dieses Werkes darf ohne schriftliche Einwilligung des Verlages in irgendeiner Form (Fotokopie, Mikrofilm oder ein anderes Verfahren) reproduziert oder unter Verwendung elektronischer Systeme verarbeitet, vervielfältigt oder verbreitet werden.

Der Umwelt zuliebe gedruckt auf chlorfrei gebleichtem Papier.

www.gondolino.de

Inhalt

Pirat Bert hat ein Problem

Eigentlich ist Bert ein zufriedener Pirat.
Er hat ein schönes Piratenschiff.
Vom Nordpol bis zum Südpol verbreitet sein
Name Angst und Schrecken.

Er besitzt eine ganze Höhle voller Schätze.
Trotzdem hat er ein Problem.

Er kann nicht schlafen!

Sobald die Wellen das Piratenschiff schaukeln, plumpst er aus seinem Bett.

Auf der Suche nach einer Lösung reist er die Küsten ab.

In Timbuktu schenkt ihm ein Häuptling eine Hängematte.

Aber schon in der ersten Nacht verheddert er sich so sehr darin, dass seine Männer ihn herausschneiden müssen.

In Indien rät ihm ein weiser Mann, im Kopfstand zu schlafen.

Aber das geht gar nicht.

In Amerika baut ihm ein Erfinder

ein Bett auf Rollen.

Auch das ist nicht perfekt.

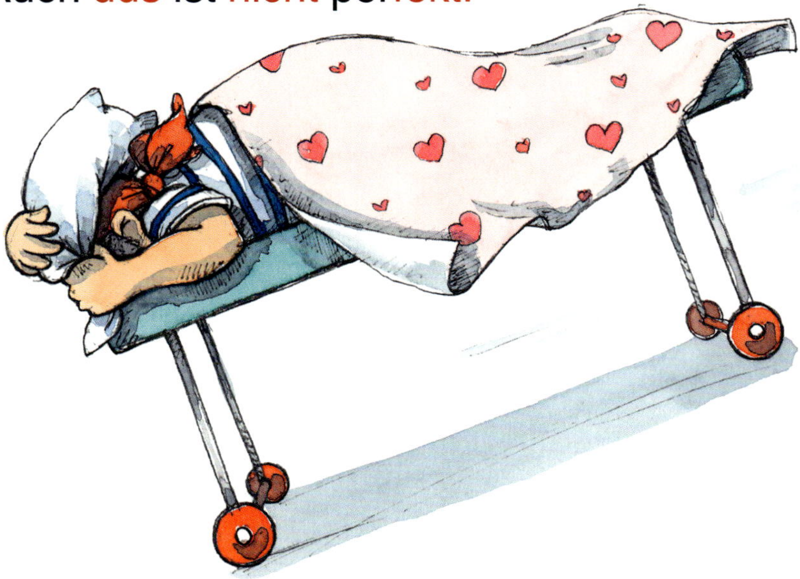

Jetzt fällt Kapitän Bert zwar nicht mehr auf den Boden, aber dafür saust er mit seinem Rollbett wild durch seine Kajüte.

Davon wird ihm ganz schlecht.

Er braucht einen Puffer!

Das ist es!

Plötzlich hat er eine geniale Idee.
„Alle Mann an Deck!“, befiehlt er.
„Alle Mann in einer Reihe hinlegen!“
Pirat Bert drängelt sich zwischen
die anderen Piraten.

Von Reling zu Reling liegen die Piraten
wie die Sardinen nebeneinandergequetscht.
Pirat Bert schläft sofort ein.
Ohne zu fallen oder zu rollen.
Nur seine Männer können nicht schlafen.
Bert schnarcht fürchterlich.

Der Schatz von Lars dem Roten

Matrose Schussel läuft durch
den Hafen.
Sein Kapitän hat ihm einen
wichtigen Auftrag gegeben:
„Kauf uns ein schönes Fass Rum!“
Endlich findet Schussel eine finstere
Spelunke.

An den Tischen sitzen grimmige Piraten.
„I-i-ich brauche ein F-f-fass Rum!“,
stottert Schussel ängstlich.
Als seine Münzen auf dem Tresen klimpern,
lacht der Wirt.
„Hier hast du dein Fass“, sagt er.

Fröhlich stiefelt Schussel zum Schiff zurück.
Doch als der Kapitän einen Schluck
probieren will, wird er sauer.

„Das Fass ist leicht wie eine Feder,
Schussel!“, schimpft er. „Es ist leer!“

Bedröppelt schaut Schussel hinein.
„Nein!“, jubelt er dann plötzlich.
„Nicht ganz leer!“
Schussel zieht ein altes Pergament hervor.
Als er es ausrollt, staunt auch der Kapitän:
Es ist eine Schatzkarte!
Finde den Schatz von Lars dem Roten!,
steht darauf.
„Die Insel kenne ich!“, freut sich der Kapitän.

„Wir stechen sofort in See!"

Nach drei Tagen kommen sie endlich
auf der Insel an.
Mit Schaufeln und Spitzhacken rudern sie
ans Ufer.

„Dreizehn Schritte nach rechts!",
kommandiert der Kapitän.
„Und dann zwölf geradeaus!"
Auf eine große Palme ist ein
rotes Kreuz gepinselt.

Schussel beginnt zu graben.
Endlich stößt er auf etwas Hartes.
„Ich hab den Schatz gefunden!“,
ruft Schussel begeistert.

Gespannt öffnet der Kapitän den Deckel.
In der Kiste steckt ein Fass Rum.
Guten Durst!, steht auf dem Holz.
Und: *Liebe Grüße von Lars*
dem Roten.

Der grausame Gregor

„Piraten!“, gellte der Warnruf aus dem Mastkorb.
Kapitän Max schaute durch das Fernrohr.
„Setzt alle Segel, die wir haben!
Der grausame Gregor und seine Meute sind hinter uns her.“

Aber das Piratenschiff war schneller.

Schon hatte es aufgeholt.

Der grausame Gregor stand breitbeinig

auf den Planken und rief:

„Gebt uns eure Schätze, dann lassen wir

euch das Schiff und euer Leben!“

„Nein, wir kämpfen!“, entschied

Kapitän Max tapfer.

Da begann die Unterlippe des

Seeräubers zu zittern.

„Du bist gemein!“, jammerte er.

„Ich muss doch auch mein Geld verdienen.

Das ist heutzutage für einen Piraten gar nicht so leicht!“

Plötzlich sprühten die Tränen aus den Augen des Seeräubers wie bei einem Platzregen.

„Hab doch etwas Mitleid!“, jaulte der grausame Gregor.

„Meine Piraten haben Hunger, das Schiff muss geflickt werden und meine arme Piratenmama wünscht sich so sehr einen neuen Ohrring! – Uuuuuuh!“

Der grausame Gregor heulte und heulte.

Und mit ihm seine ganze Piratenbande.
Kapitän Max und seine Matrosen
hielten sich die Ohren zu.
„Das ist ja nicht auszuhalten!“,
stöhnte Kapitän Max schließlich.
„Gebt ihnen, was sie haben wollen!
Und dann aber nichts wie weg hier.“
Gegen Enterhaken, Kanonenkugeln
und Musketen konnten sich Max und
seine Leute wehren.
Aber dieses Geheule war einfach
zu viel für sie.

Neues Land

Anna und ihr Bruder Tim spielen Seefahrer.
Der umgedrehte Küchentisch ist ihr
stolzes Schiff.
An einem Besenstiel hängt
die Fahne.
Und der Topfdeckel ist
das Steuerrad.

Schnell springt Kater Maunz mit an Bord.
Anna hält sich ein leeres
Marmeladenglas vor die Augen.

„Weit und breit kein Land in Sicht“,

erklärt sie.

Maunz miaut kläglich.

„Sicher hat er Hunger“, vermutet Anna.

Auch ihr Magen knurrt.

Sie haben seit zwei Wochen

nur trockenes Brot gegessen.

„Hoffentlich finden wir

bald eine Insel!“, sagt sie.

Die Wellen in der Küche sind

gefährlich hoch.

Aber Steuermann Tim hält
das Schiff auf Kurs.
Plötzlich jubelt Anna los:
„Halt aus, Maunz! Da ist eine einsame Insel!"
Tim steuert ihr Schiff auf den
Küchenschrank zu.
Anna öffnet die Tür.
Auf der Insel ist keine Menschenseele
zu sehen.
„Wir haben neues Land entdeckt", ruft sie.
Tim öffnet die große Tür.

„Juhu! Hier gibt es Schokolade und Apfelsaft“, verkündet er.

Gerecht teilen sie die Beute.

Wie echte Seefahrer eben.

Maunz bekommt eine Dose Katzenfutter.

Als sich alle drei gestärkt haben, lichten sie wieder die Anker.

„Jetzt braucht unser Land nur noch einen Namen“, sagt Anna und überlegt.

„Na, ist doch klar!“, ruft Tim fröhlich.

„Wir haben Annamerika entdeckt!“

Isabella aus der Apfeltonne

„Das Mädchen hier hat sich in der Apfeltonne versteckt!“, meldete der Schiffskoch der Krächzenden Möwe dem Piratenkapitän.

„Was willst du auf meinem Schiff?“, schnauzte der Piratenkapitän.

„Ich heiße Isabella. Und ich will Piratin werden!“

Der Kapitän spuckte Kautabak aufs Deck.

„Potzdonnerwetter! Frauen an Bord bringen Unglück. Außerdem sind sie zu nichts nütze. Auf der nächsten Insel setzen wir dich aus!“

Bald kam eine Insel in Sicht.
Die Piraten warfen den Anker.
Dann ruderten sie in einem kleinen Boot mit Isabella an Land.
„Hier ist Proviant und Trinkwasser“, sagte der Kapitän.

„Und jetzt sieh zu, wie du alleine klarkommst!“

Da brüllte einer der Piraten:

„Unser Boot treibt ab! Wie sollen wir zu unserem Schiff zurückkommen?“

„Wo ist das Problem?“, fragte Isabella erstaunt.

„Wir können nicht schwimmen“, gab der Piratenkapitän zu.

Da prustete Isabella los:

„Ihr lebt auf dem Meer und könnt nicht schwimmen?“

Im nächsten Moment war Isabella im Wasser und schwamm zu dem Boot.

Die Piraten staunten nicht schlecht.

„Jetzt komm her und rette uns!“, verlangte der Kapitän.

„Frauen sind doch unnütz und bringen Unglück!“, gab Isabella zurück.

„Es tut mir sooo leid, was ich da gesagt habe!“, beteuerte der Kapitän.

„Aber wenn du uns hilfst, mache ich einen echten Piraten aus dir! Ehrenwort!“
Und so wurde Isabella aus der Apfeltonne die erste Piratin, die schwimmen konnte.

Der kleine Delfin und das Piratengold

Piiiiiriiii!

Mia steht am Bug des kleinen Fischerbootes.

„Achtung! Jetzt komm ich!“, ruft sie ihrem Freund Luca zu.

Schon springt sie ins Meer.

Das Wasser spritzt nur so.

„Bah!“

Luca wischt sich lachend das Gesicht.

„So gut wie du spritzt keiner!“

Piri, der kleine Delfin, keckert empört.

Dann springt er in hohem Bogen durch die Luft.

„Nein, Piri, nicht!“, kreischt Mia.

Zu spät: Der Delfin klatscht direkt neben ihnen ins Wasser.

Mia und Luca bekommen eine
richtige Dusche ab.
Luca spuckt einen Strahl
salziges Meerwasser aus.

„Okay, Piri, du kannst am
besten spritzen!“, lacht er.
Piri nickt mit dem Kopf.
Klar kann er das.
Schließlich ist er ein Delfin!
Luca zieht sich an der Bootswand hoch.

Die Sonne steht tief.

„So spät schon?“, ruft er.

„Wir müssen nach Hause!“

Schnell hilft er Mia ins Boot.

Als sie zum Ufer fahren, begleitet Piri sie.

Selbst ins flache Wasser traut er sich.

Jetzt sind sie fast am Ufer.

Luca will gerade über Bord springen,

um das Boot die letzten Meter

an Land zu ziehen.

Doch Piri ist schneller.

Er schnappt sich die Bootsleine

und zieht.

„He, lass los!“, ruft Luca.

Aber Piri denkt nicht daran.

Er hat das Seil zwischen den Zähnen

und schleppt das Boot ins Meer hinaus.

„Nein, Piri! Nicht!“

Mia muss kichern.

„Wir wollen auch weiterbaden.

Aber wir müssen nach Hause!“,

erklärt Luca.

Piri schaut ihn groß an.

Dann lässt er die Leine los.

„Piiiiiriiii“, schnattert er lachend.

Dann klatscht er mit der Schwanzflosse

aufs Wasser, dass es nur so spritzt.

Auf zur Schatzinsel!

Am nächsten Tag in der Schule erzählt die Lehrerin von Marama.
So heißt die Insel, auf der sie leben.
„Marama war lange unbewohnt“,
weiß die Lehrerin.
„Erst vor 300 Jahren zogen Piraten hierher.
Von hier aus stachen sie in See, um Schiffe zu entern. Und ihre Ladung zu plündern.“
Luca schnippt mit den Fingern.
„Haben die Piraten hier auch ihre Schätze versteckt?“, fragt er atemlos.
„Viele glauben das“, sagt die Lehrerin.
„Aber gefunden wurde noch nie etwas.
Man munkelt von einer geheimen Höhle auf einer der vorgelagerten Inseln. Aber entdeckt hat die noch keiner.“

„ICH werde sie entdecken“,

raunt Luca Mia zu.

„Dann bin ich reich und berühmt!“ Luca strahlt.

Gleich am Nachmittag will sich Luca

auf die Suche machen.

Mia kommt natürlich mit.

„Und wo fahren wir hin?“, fragt sie.

Vor Marama gibt es viele kleine Inseln.

„Weißt du was?“, sagt Luca geheimnisvoll.

„Als ich mal mit meinem Vater rausgefahren

bin, habe ich auf einer kleinen Insel eine

Höhle entdeckt. Mit dem Fernglas.

Da müssen wir hin!“

Mia und Luca machen das Boot startklar.

Seit sie Piri kennen, fahren sie fast

jeden Tag aufs Meer hinaus.

Die Sonne scheint.

Keine Wolke ist am Himmel.

Kaum fahren Mia und Luca los, taucht ein

dunkler Schatten neben dem Boot auf.

Eine graue Rückenflosse guckt aus

dem Wasser.

„Piri ist da!“, jubelt Mia.

Schon springt Piri hoch in die Luft.

Er keckert fröhlich.

Und er begleitet das Boot – so wie immer.

Der Delfin freut sich schon aufs

gemeinsame Baden.

Doch Mia und Luca fahren

immer weiter hinaus.

Wo wollen die denn hin?

Am Rande der großen Bucht

sind mehrere Inseln.

Geschickt steuert Luca eine von ihnen an.

„Schau, dort ist sie!“, ruft er.

Mia blinzelt gegen die Sonne.

„Und wo ist die Höhle?“, fragt sie.

„Die liegt auf der anderen Seite“,

erklärt Luca.

„Und selbst von dort ist sie kaum zu sehen.

Ein erstklassiges Piratenschatz-Versteck!“

In Mias Bauch kribbelt es vor Aufregung.

Ob sie wirklich einen

Schatz finden?

Gefährliche Felsen

Luca fährt um die Insel herum.
„Siehst du die Höhle?“
Mia schüttelt den Kopf.
„Bist du dir sicher, dass da was ist?“,
fragt sie.
„Klar doch!“ Luca lacht.
Mit so was kennt er sich aus.
Vorsichtig fährt er auf einen
kleinen Sandstrand zu.
Er muss verflixt aufpassen:
Spitze Felsen lauern unter dem Wasser.
Wenn sie dagegenstoßen, ist ihr Boot leck.
Einen Felsen übersieht er fast.
„Achtung!“, schreit Mia.
In letzter Sekunde kann Luca ausweichen.
Piri schaut über den Bootsrand.

„Piiiiiriiii“, keckert er.
Dann schwimmt er voran und
zeigt ihnen den Weg.

„Wie klug Piri ist!“, sagt Mia und strahlt.
Mithilfe des kleinen Delfins erreichen
sie sicher das Ufer.

Mia und Luca springen von Bord.

Gemeinsam ziehen sie das Boot an Land.

Weit oben am Strand binden sie es

an einem kleinen Baum fest.

„Los, auf zur Schatzsuche!“, ruft Luca

und läuft los.

Mia schnappt sich ihren Rucksack

und rennt hinterher.

Vom Wasser aus schaut Piri ihnen nach.

Was haben die bloß vor?

Die geheimnisvolle Höhle

„Komm, hier geht's lang!"

Die beiden steigen über große,

glitschige Steine.

Dann stehen sie vor der Felswand.

Die schmale Höhlenöffnung liegt weit oben.

Jetzt heißt es klettern.

Die Felsen sind scharf.

„Autsch!" Luca holt sich eine lange

Schramme.

Tapfer klettert er weiter.

Er muss diesen Schatz finden.

Mia ist dicht hinter ihm.

Sie klettert wie eine Katze.

Luca hat es geschafft.

„Hier ist wirklich eine Höhle!",

ruft er begeistert.

Er hilft Mia durch die schmale Felsenöffnung.

Drinnen ist es dunkel.

Doch Mia und Luca haben ihre

Taschenlampen dabei.

Neugierig schauen sie sich in der

Höhle um.

„Ist das ein tolles Versteck!“

Luca lacht.

„Allerdings“, haucht Mia.

Das ideale Versteck für einen Piratenschatz!

„Vielleicht ist hier irgendwo eine Kiste vergraben?“

Mia sucht den Boden ab.

Doch der ist aus Stein.

Hier kann nichts vergraben sein.

Luca untersucht die Wände.

Plötzlich schreit er auf.

„Mia, schau dir das an!“

Mia leuchtet mit der Taschenlampe.

Eine große Steinplatte lehnt an der Felswand.

„Dahinter ist bestimmt
ein Schatz!“,
ruft Luca.
„Los, hilf mir!“

Gemeinsam versuchen sie,
die Platte hochzuheben.
Doch die ist viel zu schwer.
„Wir schieben sie beiseite“, schlägt Mia vor.
Mit aller Kraft drücken und schieben sie.
Nach und nach schaffen sie es,
die Platte etwas zu verrücken.

Dahinter kommt ein großes,
dunkles Loch zum Vorschein.

„Wir haben den Schatz gefunden!“, jubelt Luca schon.
Ob das stimmt?
Mias Herz schlägt bis zum Hals.
Doch als sie mit der Lampe in die große Öffnung leuchtet, ist sie leer.
„Hier war vielleicht mal ein Schatz!“, sagt Mia.

Obwohl sie auch enttäuscht ist,

lacht sie.

Luca macht ein langes Gesicht.

„So ein Mist!“

Trotzdem will er noch einmal

genauer nachschauen.

Luca schlüpft ins Versteck.

Er untersucht jeden Winkel.

Doch dort ist nichts als Sand.

Luca lässt ihn durch die Finger rieseln.

Da fühlt er auf einmal etwas Hartes, Rundes.
„Mia, ich hab etwas gefunden!"
Im Licht der Taschenlampen
funkelt eine Münze.
Eine Münze aus Gold!
„Das gibt es doch gar nicht!",
ruft Mia außer sich.
„Und ob es das gibt!"
Luca grinst.
Sofort gucken sie, ob dort nicht noch
eine zweite Münze ist.

Aber sie finden nichts.

„Schade“, seufzt Mia.

„Dann teilen wir uns die“, schlägt Luca vor.

„Eine Woche bleibt sie bei mir. Dann

bekommst du sie für eine Woche.

Einverstanden?“

„Einverstanden!“, ruft Mia und strahlt.

Vom Sturm überrascht

„Wie wär's mit einem Picknick?“,
fragt Mia.
„Ich hab Brote dabei.“
Jetzt erst merkt Luca, wie hungrig er ist.
„Au ja“, ruft er.
„Ein Picknick am Strand!“
Am Höhleneingang hält Mia inne.
„Schau dir das an!“, ruft sie überrascht.
Während sie in der Höhle waren,
hat sich der Himmel zugezogen.
Graue Wolkenberge türmen sich
übereinander.
Luca beißt sich auf die Lippen.
„Wir bleiben lieber hier. Das sieht verflixt
nach einem Unwetter aus!“
Schon zuckt der erste Blitz.

Der Donner kracht so
laut, dass sich Mia die
Ohren zuhält.
Jetzt prasselt Regen los.
Wieder zucken Blitze.
Und gleich danach brüllt der Donner los.
Das Gewitter ist direkt über ihnen!
Nur gut, dass sie in der Höhle sind.
Mia packt die Brote aus.
Und sie holt eine Flasche
Wasser aus ihrem Rucksack.
So picknicken sie in der Höhle, während das
Gewitter langsam weiterzieht.

Schließlich fallen nur noch
wenige Tropfen.
„Wollen wir zurück?“,
fragt Mia.
„Ja“, sagt Luca.
Schnell klettert er hinter Mia die
Felsen hinunter.
Immer wieder greift er
in die Hosentasche.
Ja, seine Münze ist noch da.

Die Goldmünze von einem echten
Piratenschatz!
Was für ein Glück!
Sie kraxeln über die Steine und laufen
zum Strand hinunter.
Plötzlich bleibt Mia stehen.
Sie ist ganz blass.
„Unser Boot …“, stammelt sie.
„Was ist damit?“, fragt Luca.
Doch jetzt sieht er es auch:
Ihr Boot ist verschwunden!

Zwei Schiffbrüchige

Der Sturm hat den Ast abgerissen,
an dem ihr Boot angebunden war.
Und die hohen Wellen haben es
ins Meer gerissen.
Luca schaut übers Wasser.
Nirgends ist ihr Boot zu sehen.
„Die verflixten Felsen“, murmelt er.
„Du meinst, es ist zerschellt?“, fragt Mia.
Ihr läuft es eiskalt den Rücken hinunter.
Jetzt liegt das Boot am Grunde
des Meeres.
„Wie kommen wir denn jetzt
nach Hause?“, stammelt Mia.
Luca seufzt.
„Wenn ich das wüsste!“
Sie laufen um die Insel.

Sehnsüchtig gucken sie nach
Marama hinüber.
Wie kommen sie nur zurück?

Zum Schwimmen ist es viel zu weit!
„Wir müssen irgendwie Hilfe holen“,
überlegt Mia.
„Bloß wie?“
Luca schaut sich um.

Nirgends ist ein Schiff zu sehen,
dem sie winken könnten.
„Wir haben noch die Flasche“, fällt Mia ein.
„Wie wär’s mit einer Flaschenpost?“
Im Rucksack ist zum Glück noch
ein Bleistiftstummel.
Damit schreiben sie auf das alte
Butterbrotpapier:

Mia rollt das Papier zusammen
und steckt es in die Flasche.
Im hohen Bogen schleudert sie
die Flaschenpost ins Meer.
Sie dümpelt in den Wellen.
Ob die überhaupt einer findet?
Mia ist sich nicht sicher.
Neben der Flasche taucht plötzlich Piri auf.

Endlich hat er Mia
und Luca entdeckt.
Er ist schon um die
ganze Insel geschwommen!
„Piri!“, ruft Mia glücklich.

„Wie gut, dass du da bist!“

„Ja“, ruft Luca.

„Unser Boot ist weg. Du musst Hilfe holen!
Kannst du das?“

Piri keckert
fröhlich und platscht aufs Wasser.

„Ich glaub, er will spielen.
Er hat uns nicht verstanden“,
meint Mia enttäuscht.

„Wir können jetzt nicht baden“,
ruft Luca Piri zu.
„Das Boot ist weg!“
Piri schnattert irgendetwas.
Dann taucht er unter und ist verschwunden.
„Ob er jetzt sauer ist, weil wir nicht mit ihm
baden?“, fragt Mia.
Luca zuckt mit den Schultern.
„Keine Ahnung“, murmelt er.

Zum Glück gibt’s Piri!

„Vielleicht müssen wir über Nacht hierbleiben“, sagt Mia.

Luca überlegt.

„Wir könnten in der Höhle schlafen.

Hast du noch was zu essen?“

Mia schüttelt den Kopf.

„Und auch nichts zu trinken.“

Luca schluckt.

Seine Kehle ist jetzt schon ganz trocken.

Auf einmal hören sie etwas platschen.

Luca und Mia schauen auf.

„Da kommt ja Piri!“

Mia traut ihren Augen kaum:

Er hat ihr Boot dabei.

Er zieht es an der Leine hinter sich her.

„Unser Boot!“ Luca strahlt.

„Es ist doch nicht kaputt.
Nur abgetrieben.
Und Piri hat es gefunden!“

Mia und Luca laufen ins Wasser
zu ihrem Delfin.
„Piri, das hast du toll gemacht!“, ruft Mia.
Sie streichelt seine Schnauze.
„Prrrrr!“, macht Piri.
Fast schnurrt er.
Luca wirft Mias Rucksack ins Boot.
Dann will er selbst an Bord klettern.

Doch Piri hält ihn am T-Shirt fest und zieht ihn mit einem Ruck ins Wasser.

Jetzt wird erst einmal eine Runde gebadet!

„Na, dann los!“, ruft Mia.

Sie wirft sich in die Wellen.

Ihre Kleidung ist eh nass.

Auch Luca schwimmt los.

Zusammen mit Piri schwimmen, tauchen und planschen sie im Wasser.

Piri macht Freudensprünge.
Na endlich!
Das wurde ja auch Zeit.
Erschöpft, aber glücklich klettern Mia und
Luca schließlich an Bord.
„Jetzt aber ab nach Hause!“, sagt Luca
und startet den Motor.

Piri schwimmt wieder voraus.
Er lotst sie sicher durch die Felsen.
Kaum biegen sie in die Bucht,
hat Piri etwas entdeckt.

Mit seiner Schnauze stupst er es zu ihnen ans Boot.

„Das ist ja unsere Flaschenpost!“, staunt Mia.

„Die brauchen wir zum Glück nicht mehr!“, lacht Luca.

Mia fischt sie aus dem Wasser.

„Aber sie ist ein tolles Andenken an unser Abenteuer!“

„Stimmt“, sagt Luca. „Und das hier auch!“

Vorsichtig kramt er die Münze aus der Tasche.

„Ich wette, das ist Gold von einem echten Piratenschatz!“

Mia nickt.

„Ja, wir haben wirklich Piratengold gefunden!“

„Das bleibt aber unser Geheimnis, ja?“, fragt Luca.

„Klar!“, verspricht Mia sofort.

Piri guckt neugierig über die Bootswand.

„Und du verrätst auch nichts!“,
sagt Luca gespielt streng.
„Versprochen?“
Piri nickt eifrig mit dem Kopf
und quietscht vergnügt.
„Drei Freunde und ein Geheimnis.
Was Schöneres gibt es doch gar nicht!“,
lacht Mia.

Für Piri anscheinend doch.

Er lässt sich ins Wasser platschen,

dass es nur so spritzt.

„Na warte!“, ruft Mia und springt mit Luca

zu ihm ins Meer.

Und das ist für Piri das Schönste!

Wilde Piraten stechen in See

Besondere Freunde

Nick, der kleine Pirat, übte gerade mit Hawkins, dem Heilbutt, und Drake, dem Delfin, Wasserski fahren.

Da dröhnte plötzlich eine laute Stimme über das Wasser.

„Nick, verdammt, wo steckst du schon wieder?!“

Vor Schreck verlor der kleine Pirat das Gleichgewicht.

Mit einem lauten „Platsch“ landete er im Wasser.

Sofort eilten Hawkins und Drake zu ihrem Freund.

Doch Nick wollte keine Hilfe.

„Bringt euch lieber selbst in Sicherheit“, sagte er warnend.
„Wenn Papa euch entdeckt, spießt er euch nämlich mit seinem Säbel auf!“
Hawkins und Drake starrten Nick erschrocken an.

„He, ich kann doch nichts dafür“, verteidigte der sich.
„Mein Papa ist Käpten Hakenhand, der gefährlichste Pirat weit und breit. Er muss so etwas tun. Versteht ihr?“
Nick erwartete keine Antwort.

Hawkins und Drake redeten nämlich nicht sehr viel.

Genau genommen sagten sie nie etwas.

Nick wusste daher auch nicht, ob der Heilbutt und der Delfin tatsächlich so hießen.

Er hatte sie einfach so genannt, nach den zwei berühmten Piraten John Hawkins und Francis Drake!

Seit einigen Wochen waren die drei schon Freunde.

Sie tauchten und schwammen um die Wette oder fuhren Wasserski.

Seinem Vater gefiel das allerdings
ganz und gar nicht.
„Nick!“
Wie Kanonendonner grollte Käpten
Hakenhands Stimme vom Ufer herüber.

An seinem Gürtel hing tatsächlich ein
mächtiger Krummsäbel, der in der
Sonne blitzte!
Hawkins und Drake tauchten blitzschnell
unter, während Nick ans Ufer schwamm.

„Was ist denn los, Paps?“,
fragte er besorgt.

Hoffentlich hatte sein Vater seine Freunde nicht gesehen!
„Nenn mich nicht Paps!“, knurrte Käpten Hakenhand. „Das passt nicht zu einem gefährlichen Piraten.“
„Okay, dann eben – böser Paps?“, schlug Nick vor.

„Haha, sehr komisch“, meinte der Piratenkapitän.

„Es passt mir übrigens auch nicht, dass du mit Tieren spielst! Das hört auf, hast du verstanden?“

Nick ließ seinen Kopf sinken.

„Warum hast du mich gerufen?“, fragte er dann leise.

„Genau aus dem Grund“, sagte Käpten Hakenhand.

„Es wird Zeit, dass aus dir ein echter Pirat wird. Deshalb habe ich beschlossen, dich zur Piraten-Olympiade mitzunehmen!“
Es dauerte einen Augenblick, bis Nick begriff. Doch dann riss er die Arme hoch und fiel seinem Vater jubelnd um den Hals!

Das Maskottchen

Eine Woche lang quetschte
Nick jeden Piraten im Lager aus.
Er wollte alles über die
Piraten-Olympiade wissen.
Bis es seinem Vater zu bunt wurde.
„Wir nehmen dich nicht als
Wettkämpfer mit“, sagte er am Abend
vor der Abreise zu seinem Sohn.
„Sondern?“, fragte Nick verunsichert.
„Als Maskottchen“,
antwortete sein Vater.
Nick glaubte nicht, was er da hörte.
Er und ein Maskottchen?
Nein, das kam nicht infrage!
Nick wollte nicht mitfahren, um
anderen Glück zu bringen.

Er wollte viel lieber selbst die Masten hinaufklettern, Schatzkarten lesen oder um die Wette rudern!

„Hört euch den Wurm an!“, grölte der einbeinige Jack, der amtierende Olympiasieger im Rumfässer-Finden. „Will bei der Olympiade mitmachen, obwohl er noch nie trainiert hat! Mensch, sei froh, dass wir dich überhaupt mitnehmen!“

So dachte auch Nicks Vater.

„Du kommst als Talisman mit, oder gar nicht“, sagte er entschieden. „Also?“

Nick zögerte mit der Antwort.

Das war so gemein!

Die anderen Piraten hatten auch nicht trainiert.

Seit der letzten Olympiade waren die meisten ziemlich dick geworden.

„Wenn wenigstens Hawkins und Drake mitkommen dürften“, dachte Nick.

„Dann wäre ich beim Glückbringen nicht so allein. Vielleicht könnten wir sogar eine Medaille gewinnen!“

Allerdings war er sich nicht ganz sicher, ob ihre Art von „Wasserskifahren“ eine olympische Disziplin war.

Egal, er durfte die beiden ja sowieso nicht mitnehmen.

Allein hatte Nick aber keine Lust, zur Olympiade mitzufahren.

Andererseits wollte er schon immer mal wissen, was sein Vater und die anderen Piraten auf ihren Ausflügen so trieben.

„Nun?“, drängte Käpten Hakenhand
auf eine Antwort.
„Okay“, stimmte Nick schließlich zu, und sein
Vater nickte zufrieden!

Leinen los!

Ganz früh am nächsten Morgen, noch vor Sonnenaufgang, machte Messer-Mike die Leinen der „Meerhexe“ los.

Die ersten Seemeilen machte Nick die Fahrt noch riesigen Spaß.

Er saß auf einer Rolle Tau und schaute den Piraten bei der Arbeit zu.

Doch schon bald begann er sich zu langweilen.

Und den anderen Piraten ging es nicht besser.

Alle Decks waren geschrubbt, die Segel gehisst, an Bord gab es nicht mehr viel zu tun.

„Wir könnten etwas spielen“, sagte Messer-Mike.

„Oh ja, Schiffe versenken!“, rief der einbeinige Jack.

„Aber das ist doch verboten“, sagte Nick.

„Während der Piraten-Olympiade soll Frieden herrschen!“

„Papperlapapp“, knurrte der einbeinige Jack.

„Erstens hat die Olympiade noch gar nicht begonnen, und zweitens wird niemand von dem Überfall erfahren.

Es sei denn, jemand verrät uns!“

Der einbeinige Jack starrte Nick prüfend an.
„Hier gibt es keine Verräter!“, rief Käpten Hakenhand. „Und jetzt macht euch bereit, das nächste Schiff ist unser!“
Schon wenige Seemeilen später meldete sich der lange Hein im Ausguck.
„Schiff in Sicht, eine Meile voraus!“
„Alle Mann an die Kanonen!“, schrie Käpten Hakenhand.
Sofort eilten die Piraten auf ihre Positionen.
Nur die Segel flatterten im Wind, und die Holzplanken knarrten.
Die Piraten waren stumm vor Aufregung.

Nick hingegen hatte so eine Ahnung.
Bestimmt würde bei dem Überfall
etwas schiefgehen.
Vorsichtshalber versteckte er sich
hinter der Taurolle.
Plötzlich ging alles ganz schnell!
Die „Meerhexe“ rammte ein anderes Schiff.
Nick hörte, wie sein Vater den Befehl zum
Angriff gab.
Eine Kanone wurde abgefeuert, und die
Piraten stürmten johlend an die Reling!
Doch plötzlich wurde es ganz still.

Das Kampfgeschrei erstarb,
und die Kanonen schwiegen.

Vorsichtig lugte Nick über die Taurolle.
Nick konnte kaum glauben, was er sah!
Wie begossene Pudel standen die Piraten an der Reling und schauten betreten zu Boden.
Und Käpten Hakenhand bekam sogar einen roten Kopf, als er mit den Männern auf dem anderen Boot sprach.

„Entschuldigung“, hörte Nick ihn sagen.
„Das war ein Versehen, das müssen
Sie mir glauben!“
Nick traute seinen Ohren nicht!
Das sollte sein Vater sein?
Käpten Hakenhand, der gefährlichste Pirat
weit und breit?

Nur Mut!

„Das war's", sagte der lange Hein.
„Wir können nach Hause fahren."
Die anderen Piraten nickten enttäuscht.
Neugierig geworden tauchte Nick
aus seinem Versteck auf.
Er schaute über die Reling – und wurde
bleich vor Schreck!
Das überfallene Schiff segelte
unbehelligt weiter.
An seinem höchsten Mast flatterte
eine riesige Fahne.
„Olympia-Schiedsrichter" stand in großen
Buchstaben darauf.
„Oh Gott!", dachte Nick und konnte plötzlich
gut verstehen, warum die Mannschaft
so niedergeschlagen war.

Doch sein Vater dachte überhaupt nicht daran, aufzugeben und umzukehren.

„Ihr Weicheier!“,

beschimpfte er seine Mannschaft.

„Es ist doch gar nichts passiert!“

„Nichts passiert?“, höhnte der einbeinige Jack.

„Glaubst du wirklich, dass wir bei der Olympiade jetzt noch eine Chance haben?“

„Natürlich“, schnaubte Käpten Hakenhand.

„Schließlich habe ich mich bei den Schiedsrichtern entschuldigt!“

„Ja, auch das noch! Das war vielleicht peinlich“, sagte Messer-Mike leise.

Käpten Hakenhand hörte es trotzdem.

„Ihr stinkenden Fischköppe!“, schrie er und drohte seiner Mannschaft mit dem Säbel.

Da brach an Bord der „Meerhexe“ ein lauter Streit aus.

Nick wollte sich das nicht anhören.

Er drehte sich um, stützte seine Arme auf die Reling und hielt sich die Ohren zu.

So hatte er sich die Reise nicht vorgestellt.

Doch plötzlich sah er zwei Schatten im Wasser!

Dunkle, bedrohliche Schatten!

Fast hätte Nick um Hilfe gerufen.

Aber dann tauchten die beiden Schatten auf, und Nick erkannte seine Freunde – Hawkins und Drake!

Er unterdrückte einen Jubelschrei,
obwohl er sich so sehr freute,
die beiden zu sehen.

Denn der Anblick der Tiere hätte seinem
Vater bestimmt nicht gefallen.
Er ärgerte sich auch so schon genug.
„Die Schiedsrichter werden uns
disqualifizieren“, befürchtete Messer-Mike.
„Die Schiedsrichter wissen doch jetzt schon
nicht mehr, wie wir aussehen“,
entgegnete Käpten Hakenhand.

„Wir werden verlieren, in jedem einzelnen Wettbewerb“, beharrte der einbeinige Jack.

„Genau“, rief der lange Hein im Ausguck.

„Wir wollen nach Hause!“

Käpten Hakenhand hatte genug.

Wütend rammte er seinen Säbel in die Planken der „Meerhexe“.

„Ruhe, ihr Jammerlappen!“, brüllte er.

„Angsthasen seid ihr, alle miteinander!

Ich verspreche euch, dass wir mindestens einen Wettkampf gewinnen werden.

Wenn nicht, trete ich als Kapitän zurück!“

Die Piraten waren überrascht.
Leise tuschelnd berieten sie sich.
„Na gut“, sagte schließlich
der einbeinige Jack.
„Wir sind einverstanden!“
Nick stöhnte auf und verdrehte ahnungsvoll
die Augen.

Die große Piraten-Olympiade

Ein paar Tage später war
die Stimmung an Bord richtig mies.
Denn die Piraten-Olympiade
verlief alles andere als gut.
Obwohl sich die Schiedsrichter
absolut fair verhielten!
Entweder erkannten sie die Piraten
tatsächlich nicht wieder, oder sie hatten
die Entschuldigung angenommen.
Doch das nützte den Piraten überhaupt nichts.
Sie hatten einfach keine Chance.
Ob beim Segel-Wettflicken,
Palme-Hochklettern oder
beim Schatzkiste-Vergraben – in jedem
Wettkampf wurden die Piraten der „Meerhexe“
Letzter!

Selbst der einbeinige Jack konnte seinen Titel nicht verteidigen.

„Ich habe Rum noch nie gemocht“, murmelte er vor sich hin, während er über die Wettkampfinsel schlich. Die Rumfässer fand er noch nicht einmal dann, wenn er über sie stolperte! Käpten Hakenhands Gesicht wurde von Tag zu Tag länger.

„Morgen bin ich meinen Job los“,
sagte er am Vorabend des letzten
Wettkampftages zu Nick.
„Dabei bin ich doch so gern Piratenkapitän!“
Seine Stimme klang weinerlich,
und Nick wusste auch, wieso.
Am letzten Tag fand nur noch das Wettrudern
der Kapitäne statt.
Mit nur einer Hand hatte sein Vater da
natürlich keine Siegchance.
„Tut mir leid, Paps“, sagte Nick
und schaute über die Reling.

Sein Vater schien sich wirklich Sorgen zu machen – er regte sich noch nicht einmal über das „Paps“ auf!

Plötzlich entdeckte Nick wieder die zwei Schatten im Wasser, und über sein Gesicht huschte ein Lächeln.

„Und wenn ich für dich beim Rudern antreten würde?“, bot er an.

„Verboten wäre es nicht“, sagte Käpten Hakenhand seufzend.

„Schließlich bist du mein Sohn. Aber ...“

„Nichts aber“, unterbrach ihn Nick.

„Lass mich nur machen, ich hab da

nämlich eine Idee.“

Nick zog sein Hemd aus

und sprang ins Wasser.

Er musste dringend etwas

mit seinen Freunden besprechen ...

Ein spannendes Finale

Am nächsten Morgen war Nick ziemlich mulmig zumute.
Er wusste nicht, ob Hawkins und Drake ihn überhaupt verstanden hatten.
Entdecken konnte er sie jedenfalls nirgends.
Und es war auch sehr entmutigend, dass alle lachten, als er mit den Piratenkapitänen zur Startstelle ruderte.
Besser gesagt: hinter ihnen her, denn schon auf der kurzen Strecke hängten sie ihn gnadenlos ab.
Kein Wunder, denn im Vergleich zu den muskelbepackten Männern wirkte Nick wie ein Würmchen.
„Na und?“, feuerte Nick sich selbst an.
„Ich schaff das schon!“

Jetzt wurde es ernst!
Der Startschuss ertönte, und Nick legte sich mächtig in die Riemen.
Trotzdem hatten die Piratenkapitäne schnell einen riesigen Vorsprung, der größer und größer wurde.
„Was wird Paps wohl sagen?“, dachte Nick verzweifelt.
Doch plötzlich spürte er einen Ruck.
Das Ruderboot wurde immer schneller, und der kleine Pirat grinste zufrieden.

„Das wurde ja auch Zeit“, sagte er zu den beiden Schatten, die links und rechts vom Boot aufgetaucht waren und es anschoben.
„Schneller!“, feuerte Nick die beiden an.
Mit Hawkins und Drake als Antriebsmotoren holte Nick Meter für Meter auf.
Er überholte ein Boot nach dem anderen, und kurz vor dem Ziel übernahm er tatsächlich die Spitze!
Hawkins und Drake gaben ihm noch einen kräftigen Schubs.

Die letzten Meter musste Nick alleine schaffen.
Er gab alles und konnte den knappen Vorsprung über die Ziellinie retten!

Die Mannschaft der „Meerhexe“ staunte nicht schlecht, als sie sah, wer das Wettrudern gewonnen hatte.
Dann kannte der Jubel keine Grenzen mehr.
Die Piraten feierten ihren Olympiasieger.

Der einbeinige Jack persönlich drückte Nick den Siegestrunk in die Hand, einen großen Becher Apfelsaft.

„Auf den Sieger!“, riefen die Piraten, und sein Vater hob ihn stolz auf die Schultern.

Nick strahlte.

Offenbar hatte niemand seinen Schwindel durchschaut.

Oder?

„Du hast die Ehre der ‚Meerhexe‘ gerettet!“, sagte Nicks Vater. „Und meinen Job!“

Käpten Hakenhand hob seinen Humpen
und zwinkerte Nick zu.
„Auf die Freundschaft!“
Nick lachte.

„Auf die Freundschaft!“, antwortete er und
blickte glücklich auf das weite Meer hinaus,
wo Hawkins und Drake schon auf ihn
warteten, um mit ihm um die Wette zu
schwimmen.

Löse diese Rätsel!

1. **Pirat Bert kann nicht schlafen. Um zu helfen, sollen alle Mann an Deck kommen. Sie sollen nebeneinander liegen wie die …** Kreise ein, was stimmt.

Bananen

Pilze

Sardinen

Baguettes

Lösung aus „Pirat Bert hat ein Problem“: Alle liegen wie die Sardinen nebeneinandergequetscht.

2. **Verkehrt herum. Schussel und sein Kapitän rudern zur Insel. Was haben sie dabei? Schaufeln und …** Kreuze an.

- ☐ LEFEITSIMMUG
- ☐ NETTAMEGNÄH
- ☐ NEKCAHZTIPS

Lösung aus „Der Schatz von Lars dem Roten“: Sie haben Schaufeln und Spitzhacken dabei.

3. **Wie heißt der Kapitän, der sich nicht gegen Gregors Geheule wehren kann?** Kreise den richtigen Namen ein.

L	U	R	G	M	O	L
T	I	M	P	A	T	R
P	H	I	P	X	A	L
M	U	X	A	V	E	R

Lösung aus „Der grausame Gregor“: Kapitän Max.

4. **Was passiert zuerst?** Bringe die Bilder in die richtige Reihenfolge.

Lösung aus „Neues Land“: 1. Maunz miaut kläglich. 2. Steuermann Tim hält Kurs. 3.Gerecht teilen Anna, Tim und Maunz die Beute.

5. **Isabella möchte Piratin werden. Was kann sie, was die Piraten nicht können?** Kreuze an.

☐ tanzen ☐ klettern ☐ schwimmen

Lösung aus „Isabella aus der Apfeltonne“: Isabella kann schwimmen.

Löse diese Rätsel!

6. Eine Höhle ist das ideale Versteck für einen Piratenschatz. Wie kommen Mia und Luca dort hinein? Sie zwängen sich durch eine ... Bringe die Silben in die richtige Reihenfolge.

SEN NUNG ÖFF FEL

Lösung aus „Der kleine Delfin und das Piratengold", Kapitel „Die geheimnisvolle Höhle": Sie klettern erst die Felsen hinauf und zwängen sich dann durch eine Felsenöffnung.

7. Lies genau in Spiegelschrift. Was machen Mia und Luca in der Höhle, als ein Gewitter kommt? Sie ... Kreise ein.

STREITEN SCHLAFEN PICKNICKEN

Lösung aus „Der kleine Delfin und das Piratengold", Kapitel „Vom Sturm überrascht": Sie picknicken mit Broten und einer Flasche Wasser.

8. **Maja und Luca sitzen fest. Piri findet einen Weg, den beiden zu helfen. Was ruft Mia?** Kreuze an.

- ☐ „Piri, du hast uns das Leben gerettet!“
- ☐ „Piri, das hast du toll gemacht!“
- ☐ „Piri, wie schade! Hier war es so schön!

Lösung aus „Der kleine Delfin und das Piratengold“, Kapitel „Zum Glück gibt's Piri!“: Mia ruft „Piri, das hast du toll gemacht!“

9. **Wer ist wer?** Verbinde die Bilder mit dem richtigen Namen.

Jack   der Käpten   Nick

Lösung aus „Wilde Piraten stechen in See“, Kapitel „Besondere Freunde“ bis „Leinen los!“: Links steht Käpten Hakenhand, in der Mitte der einbeinige Jack und rechts Nick.

10. **Was gewinnt Nick in der Piraten-Olympiade? Das …** Ergänze.

_ett_ud_rn der _apit_ne

Lösung aus „Wilde Piraten stechen in See“, Kapitel „Das Maskottchen“ und „Die große Piraten-Olympiade“: Er gewinnt das Wettrudern der Kapitäne!

Quellenverzeichnis

Pirat Bert hat ein Problem, Der grausame Gregor, Isabella aus der Apfeltonne
aus: Alexandra Fischer-Hunold, **Lesepiraten-Seeräubergeschichten**
mit Illustrationen von Ines Rarisch
© Loewe Verlag GmbH, Bindlach 2010

Der Schatz von Lars dem Roten, Neues Land
aus: THiLO, **Lesepiraten-Seefahrergeschichten**
mit Illustrationen von Heribert Schulmeyer
© Loewe Verlag GmbH, Bindlach 2008

Lesepiraten – Der kleine Delfin und das Piratengold
von: Julia Boehme
mit Illustrationen von Julia Ginsbach
© Loewe Verlag GmbH, Bindlach 2012

Lesefant – Wilde Piraten stechen in See
von: Ulli Schubert
mit Illustrationen von Karin Bauer
© Loewe Verlag GmbH, Bindlach 2008